J.-A. Gusta

Questions tirées au sort.

Présentées et publiquement soutenues à la Faculté de Médecine de Montpellier, le 7 juillet 1838, pour obtenir le grade de docteur en médecine.

outlook

J.-A. Gustave Four

Questions tirées au sort.

Présentées et publiquement soutenues à la Faculté de Médecine de Montpellier, le 7 juillet 1838, pour obtenir le grade de docteur en médecine.

Réimpression inchangée de l'édition originale de 1838.

1ère édition 2024 | ISBN: 978-3-38509-513-7

Verlag (Éditeur): Outlook Verlag GmbH, Zeilweg 44, 60439 Frankfurt, Deutschland
Vertretungsberechtigt (Représentant autorisé): E. Roepke, Zeilweg 44, 60439 Frankfurt, Deutschland
Druck (Imprimerie): Libri Plureos GmbH, Friedensallee 273, 22763 Hamburg, Deutschland

Comment reconnaitre du bichlorure de mercure dans du vin,
du café ou dans la matière des vomissemens ?

Quelle est la composition et la structure des glandes ?

De l'opération de la saignée du pied et de ses accidens.

De la cause prochaine des affections syphilitiques.

THÈSES

*Présentées et publiquement soutenues à la Faculté de Médecine
de Montpellier , le 7 juillet 1838 ;*

PAR

J.-A. Gustave FOUR ,

né à Laroquebrou (*Cantal*),

POUR OBTENIR LE GRADE DE DOCTEUR EN MÉDECINE.

MONTPELLIER.

IMPRIMERIE DE BOEHM ET Cᵉ, ET LITHOGRAPHIE ,

BOULEVARD JEU – DE – PAUME , 7.

1838.

AU MEILLEUR DES PÈRES.

Tribut d'amour filial.

Gustave **FOUR.**

SCIENCES ACCESSOIRES.

—

PREMIÈRE QUESTION.

Comment reconnaître du bichlorure de mercure dans du vin ,
du café ou dans la matière des vomissemens ?

LE bichlorure de mercure est un produit de l'art.
On l'obtient par la sublimation de 6 parties de sulfate
acide de mercure non lavé et de 16 parties de muriate
de soude, mêlées intimement avec 15 parties de per-
oxyde de manganèse. Il est ordinairement en masses
blanches, demi-transparentes sur leurs bords, d'une
pesanteur spécifique de 5,1395, devenant opaque et
pulvérulent à l'air. Il a une saveur âcre, cuivreuse,
et est soluble dans 20 parties d'eau froide et 3 d'eau
bouillante.

Les empoisonnemens par le bichlorure de mercure
ne sont pas très-fréquens. Il a la propriété de donner
aux substances avec lesquelles il se trouve mêlé, une
saveur et une odeur si désagréables et si repoussantes,
qu'il est presque impossible d'en opérer la déglutition.
Au reste, voici les symptômes généraux de l'empoi-
sonnement par les composés de mercure : saveur cuivreuse, métallique, insupportable ; inflammation et
constriction presque continue de la gorge ; vomissemens fréquens, quelquefois mêlés de sang ; excitation

des voies urinaires, accompagnée d'une suppression d'urines complète dans la plupart des cas ; constipation ou diarrhée ; difficulté de respirer ; insensibilité des parties inférieures du corps, s'étendant ensuite au tronc ; affaiblissement des contractions du cœur ; pouls petit, serré.

Le bichlorure de mercure est décomposé par la plupart des liquides végétaux et animaux, et transformé en proto-chlorure insoluble : la décomposition, cependant, peut n'être complète qu'au bout d'un temps plus ou moins long ; il peut même arriver que la dose soit quelquefois assez forte pour que sa décomposition totale soit impossible.

L'emploi des réactifs, pour reconnaître la présence du bichlorure de mercure dans le vin et le café, pourrait induire en erreur ; ou la quantité de poison serait trop petite pour qu'ils puissent en déceler la présence ; ou la couleur du précipité pourrait dépendre de la couleur plus ou moins foncée du liquide qui le recèle. En effet, dit M. Orfila, lorsqu'on verse dans 6 onces de vin de Bourgogne, 12 grains de bichlorure de mercure dissous dans l'eau, le mélange précipite en noir par la potasse, en vert très-foncé par l'ammoniaque. Un mélange de 14 gros de lait et un gros de dissolution de bichlorure de mercure donne, par la potasse, un précipité gris-noirâtre.

Une fois admis que le vin transforme le bichlorure de mercure en proto-chlorure, pour reconnaître sa présence, on prend une lame d'or bien décapée, qu'on recouvre d'une petite feuille d'étain, de manière cependant à ce que l'or ne soit pas tout-à-fait caché ; on plonge la lame ainsi préparée dans le liquide , et on y ajoute une ou deux gouttes d'acide hydrochlorique. Après un certain temps , on voit le mercure se porter sur l'or et le blanchir : il suffit ensuite de chauffer la lame dans un tube, pour obtenir le mercure et rendre à l'or sa première couleur.

Dans cette expérience, due à M. James Smithson, l'étain s'empare du chlore.

On ne doit cependant assurer que le liquide contient des préparations mercurielles , qu'autant qu'on en retire du mercure métallique; car il peut se faire que la lame d'or ne se blanchisse que par l'effet de l'étain, qui s'applique sur lui et le blanchit. On peut encore , pour être certain de la présence du mercure , traiter la lame d'or par l'acide hydrochlorique , qui dissout instantanément l'étain , et rend à l'or sa couleur ; tandis qu'il ne change pas la couleur de celui qui est blanchi par le mercure.

Le bichlorure de mercure peut avoir été décomposé et transformé en un produit formé de matière organique et de proto-chlorure insoluble dans l'eau : quand il est mêlé au café , par exemple ; alors on le traite de la manière suivante.

On met la substance dans un flacon, et on la couvre d'eau distillée; puis on fait passer dessus un courant de chlore gazeux. Après avoir employé un excès de celui-ci , on filtre la liqueur , on la concentre par l'évaporation , et on emploie la lame d'or préparée , comme il a été dit plus haut. L'emploi du chlore est basé sur la propriété qu'il a de transformer le proto-chlorure de mercure en bichlorure soluble , d'attaquer toutes les matières organiques , de se combiner avec elles après les avoir décomposées , et sur ce que les nouvelles matières qui résultent de l'action du chlore, ne jouissent plus de la propriété de décomposer le bichlorure de mercure qui s'est reformé , attendu qu'elles sont saturées de chlore.

Le professeur Christison (*On poisons,* p. 281) traite la masse solide ou liquide par un excès de proto-chlorure d'étain , qui décompose le proto-chlorure de mercure , de manière à mettre le métal à nu , et qui communique au mélange une teinte grisâtre , pour peu qu'il contienne du mercure. La masse est mise sur un filtre, lavée pour séparer l'excès de proto-chlorure d'étain, et retirée ensuite avant d'être sèche, en évitant d'enlever avec elle les fibres du papier. Il la fait ensuite bouillir dans une dissolution modérément concentrée de potasse , qui dissout toute la matière végétale ou animale ; de sorte qu'en laissant reposer la liqueur , il se précipite une poudre grise-noirâtre de mercure métallique , reconnaissable quelquefois à l'œil nu , à sa forme globuleuse.

S'il faut traiter la matière des vomissemens , on commence par l'exprimer dans un linge fin , pour séparer la partie liquide de la partie solide.

Si la quantité de liqueur qu'on a à examiner , est

assez grande, on peut essayer les réactifs sur une
partie que l'on réserve pour cela, et reconnaître par
l'abondance du précipité qu'elle donne, dans quelle
proportion approximative s'y trouve le bichlorure
de mercure. Pour cela, on prend une petite quantité de liqueur ; on y verse une goutte d'acide hydrochlorique et du proto-chlorure d'étain dans la même
proportion : il devra se former un précipité gris, si la
liqueur contient du sublimé corrosif. Si l'on n'avait
pas soin, dit M. Devergie, d'ajouter l'acide hydrochlorique avant d'employer le proto-chlorure d'étain,
la liqueur pourrait donner un précipité blanchâtre,
lors même qu'elle ne contiendrait pas de bichlorure
de mercure.

ANATOMIE et PHYSIOLOGIE.

—

Quelle est la composition et la structure des glandes ?

Les glandes sont des organes irrégulièrement arrondis, quelquefois aplatis dans un ou plusieurs sens, qui ont pour caractère commun de séparer, par une élaboration spéciale, de la masse du sang, un liquide propre à chaque glande, et qui, à l'aide de canaux qu'on nomme conduits excréteurs, est rejeté au dehors soit immédiatement, soit après avoir été conservé quelque temps dans des espèces de réservoirs.

Les anciens anatomistes donnaient le nom de glande, à certains organes dont ils ignoraient les fonctions ; ils la définissaient : des parties d'une forme particulière, molles, spongieuses, friables, enveloppées d'une membrane produite par un entrelacement de petits vaisseaux de tout genre, et chargées de retirer quelque humeur de la masse du sang.

Les glandes sont les principaux instrumens que la nature emploie dans l'excrètion des différentes humeurs, a dit Bordeu. On doit à ce savant Professeur d'avoir résolu une question, sur laquelle les travaux de Malpighi, de Ruisch, de Heister, de Morgagni n'avaient encore pu donner de solution satisfaisante. Les Anciens qui ignoraient les usages

des glandes, ne voyaient en elles que des espèces de
coussinets destinés à soutenir mollement les parties
voisines, ou des corps spongieux, chargés d'absorber
l'humidité superflue. L'opinion de Bordeu est aujour-
d'hui généralement admise : « la sécrétion, dit-il, est
le produit d'une espèce particulière de sensibilité,
propre à chaque organe sécrétoire; » seulement il a
commis l'erreur d'admettre la présence matérielle
des humeurs sécrétées dans le sang. On sait aujour-
d'hui qu'elle se forme dans les organes même, et que
ce fluide contient seulement les matériaux propres
à les former.

Tout organe de texture et de forme à peu près
semblables à ce qu'on est convenu d'appeler glande,
la thyroïde, la pinéale, celles qui avoisinent les
bronches, le thymus, les surrénales, toutes manquant
de canaux excréteurs, doivent être mises dans une
catégorie à part; on leur a conservé les noms de gan-
glions, cryptes, follicules.

La présence d'un ou plusieurs canaux excréteurs
est donc l'élément essentiel de ce qu'on doit appeler
glande proprement dite, et qui sont : les glandes lacrymales, les salivaires, les mammaires, le foie, le
pancréas, les reins et les testicules. Quelques auteurs
y font aussi entrer les ovaires. Quant à la rate, ses
fonctions étant encore tout-à-fait inconnues, je
m'abstiendrai d'en parler. Tous ces organes sont
répandus dans le tronc; les membres ne contiennent
rien qui appartienne à ce système.

Il est des glandes impaires : le foie, le pancréas...
Il en est de paires : les reins, les testicules, les lacrymales........ Celles-ci se ressemblent ordinairement; mais leur ressemblance n'est pas telle qu'on
puisse la comparer à celle des autres organes pairs
de l'économie. Une chose digne de remarque et que
Bichat a signalée, c'est que, d'abord, les formes glan-
duleuses ne sont point arrêtées , et qu'elles ne sont
point toujours en rapport avec le développement de
l'individu ; que celles qu'enveloppe une membrane,
sont moins exposées à cette espèce d'anomalie que les
autres ; que , lorsqu'une glande paire manque ,
l'autre s'accroît, lui supplée, et que , d'autres fois ,
elle sépare plus de fluide sans augmenter de volume.

Les glandes sont composées : 1° d'une tunique ex-
térieure , tantôt celluleuse, tantôt fibreuse; 2° d'un
parenchyme ou tissu propre. Celui-ci se présente
sous trois formes principales : des lobes séparés par
du tissu cellulaire résultant de globes plus petits ,
agglomérés, composés encore de lobes moindres ,
nommés grains glanduleux , forment la texture des
salivaires, du pancréas et des lacrymales. Dans le
foie, les reins, ces grains glanduleux sont juxta-
posés ; entre eux se trouve un peu de tissu cellulaire;
leur tissu est uniforme , se rompt avec facilité et
présente des espèces de granulations , lorsqu'on les
déchire. La prostate, l'amygdale offrent un parenchyme mou, comme pulpeux , sans apparence de
grains glanduleux ni de lobes , cédant beaucoup plus

que les autres glandes à la compression des doigts.
Quant aux mamelles et aux testicules, leur structure ne peut se rapporter à ces différences.

La glande mammaire , située au-dessous de la
couche graisseuse au devant du muscle grand-pec-
toral, est formée par l'assemblage de plusieurs lobes
et de lobules réunis entre eux par un tissu cellulaire.
Chaque lobule, composé par des granulations arron-
dies , donne naissance aux radicules des vaisseaux
galactophores ; ces radicules forment des rameaux et
des troncs de plus en plus volumineux, qui viennent
se rassembler vers le centre de la glande, et se terminent à des sinus, au nombre de quinze à dix-huit,
près de la base du mamelon. Leur sommet donne
naissance à un faisceau de nouveaux conduits, qui
viennent aboutir isolément à sa surface. Le parenchyme des testicules est mou, pulpeux, d'une couleur
jaunâtre ou grise , et composé par une immense
quantité de filamens très-ténus, entrelacés et repliés
de mille manières les uns sur les autres.

On s'est beaucoup occupé de la structure intime
des glandes. Ruich prétendait qu'elles étaient toutes
vasculaires ; Malpighi y admettait une foule de
petits corps qu'il a cru formés d'une nature particulière. Disons ici avec Bichat: « Il ne faut étudier
l'anatomie, que là où elle commence à tomber sous
nos sens. »

Nous avons dit que toutes les glandes avaient des
conduits excréteurs; nous devons donc les considérer

comme en faisant partie essentielle. A chaque lobe granuleux aboutit une infinité de capillaires qui, en se prolongeant, forment plusieurs conduits qui se terminent tantôt en une espèce de cul-de-sac, tantôt par une saillie. Le conduit excréteur est quelquefois unique, et alors il se termine par une surface lisse. Il est des glandes qui, avant de rejeter leur fluide, le déposent dans un réservoir, où il séjourne plus ou moins long-temps: ici, il y a toujours deux excréteurs; l'un qui va de la glande au réservoir, l'autre du réservoir au dehors.

Les deux surfaces, cutanée et muqueuse, sont les seules sur lesquelles les vaisseaux excréteurs se terminent, les seules que leur fluide humecte; ils ont tous une membrane intérieure qui n'est, pour ainsi dire, que la continuation de la surface où ils aboutissent.

Il serait difficile de savoir comment les vaisseaux sécréteurs se terminent. Malpighi prétendait qu'ils aboutissaient à des masses solides, qu'il appelle grains glanduleux. Ruisch remarqua que les injections faites dans les vaisseaux afférens, revenaient par les conduits excréteurs, et il en conclut que ces derniers n'étaient que la terminaison des premiers, ou qu'au moins il y avait communication directe et continuité entre eux. Darwin soutenait que les grains glanduleux de Malpighi n'étaient autre chose que des espèces de follicules, dans lesquels les liquides s'arrêtaient et prenaient par leur séjour un caractère particulier.

Il s'en faut de beaucoup que les glandes à parenchyme granulé et blanchâtre contiennent la même
quantité de tissu cellulaire : il est très-abondant dans
le pancréas, les salivaires. Chez les jeunes personnes,
le sein est glanduleux, plus ferme, plus résistant
que chez les personnes âgées qui ont conservé de
l'embonpoint, et où la graisse est en grande quantité : on a cru remarquer la même prédominance
dans l'âge de puberté.

Dans le testicule, dont le parenchyme est isolé,
comme dans les glandes dont je viens de parler, le
tissu cellulaire n'y est pas un moyen d'union ; on
voit entre chaque grain des espèces de fils qui paraissent être des excréteurs. Dans le foie, le rein,
la prostate, etc., glandes à parenchyme serré, il
y a très-peu de tissu cellulaire, et jamais on n'y
trouve de graisse.

Comme je l'ai dit, la graisse peut, dans certaines
circonstances, faire partie constituante du sein ; mais,
dans cet état pathologique du foie, qu'on nomme
graisseux, cette substance ne s'y trouve point dans
des cellules. On trouve de la graisse dans l'intérieur
du rein ; mais c'est autour du bassinet et non dans
son parenchyme propre. L'amygdale, la prostate
n'en offrent jamais; la leucophlegmatie la plus complète les laisse intactes, sous le rapport de l'infil-
tration. Le volume du foie est quelquefois altéré par
des tumeurs intérieures, sans que son tissu s'accroisse:
ce tissu dilaté forme entre ces tumeurs des espèces

de cloisons, où la bile s'élabore et se sépare comme à l'ordinaire.

Les glandes jouissent de sympathies plus ou moins prononcées, soit dans l'état physiologique, soit dans l'état pathologique. On entend ici par sympathies, les excitations que les autres tissus exercent sur le tissu glanduleux. La présence des alimens dans la bouche, la vue de certains mets, augmentent singulièrement la sécrétion salivaire. Les mamelles sont sous la dépendance de la matrice, et cette dépendance est surtout bien caractérisée à la puberté et à l'âge critique; car c'est généralement à cette dernière époque de la vie, que se manifestent les cancers du sein. Il paraîtrait que la nature emploie, pour augmenter l'action des glandes et de leurs excréteurs, l'irritation sympathique de l'extrémité de leurs conduits, comme, par exemple, dans la sécrétion du testicule, ou des environs des points de la surface muqueuse où ils viennent se rendre.

Ces sympathies ne sont pas moins apparentes dans l'état pathologique. Il existe entre la langue et l'estomac un rapport si intime, que, presque toujours, quand le tube digestif est affecté, la langue nous fournit des indications presque certaines: la douleur occasionne le larmoiement; on est porté au coït par certaines affections des poumons.

Les salivaires, le pancréas, les lacrymales, glandes qu'une membrane n'enveloppe pas, reçoivent des artères de tout côté; une foule de ramuscules y pénètrent par leur superficie, et vont aboutir à chaque grain.

Dans les glandes environnées d'une membrane, les vaisseaux à sang rouge ne pénètrent que par un côté ; et, remarque commune à tous les organes importans, cette partie de la glande par où pénètre l'artère, est toujours la plus éloignée de l'action des corps extérieurs. Parvenue dans l'organe, elle va s'épanouir sur sa face convexe, et quelquefois elle se ramifie entre la glande et la membrane qui l'enveloppe.

Les gros troncs artériels communiquent aux glandes un mouvement intestin très-favorable à leur fonction, et ce mouvement est d'autant plus marqué, qu'il est plus près du cœur.

Les veines sont partout continues aux artères et suivent la même distribution. Le foie est le seul exemple où le sang rouge pénètre par un côté, et où le sang noir sort par le côté opposé. Ce n'est ni le nombre, ni la position des vaisseaux sanguins que reçoivent les organes sécréteurs, qui peuvent servir à déterminer une sécrétion ; celle-ci exige le concours de la sensibilité de l'organe, sensibilité produite par un grand nombre de nerfs qui se distribuent, comme les vaisseaux, sur les parois desquels ils sont pour la plupart placés ; ils se réduisent en filamens extrêmement ténus, qui finissent par s'incorporer de la manière la plus intime avec le tissu propre des tuniques vasculaires.

Les glandes sont aussi pourvues de vaisseaux lymphatiques superficiels ou profonds , lesquels ont ensemble des connexions établies par de fréquentes anastomoses.

—

SCIENCES CHIRURGICALES.

—

De l'opération de la saignée du pied, et de ses accidens.

On appelle saignée, l'évacuation d'une certaine quantité de sang provoquée par l'art. On donne à cette opération une origine bien reculée : on a attribué son invention à Poladyre, qui guérit par elle Syrna, fille de Damœte, roi d'Italie. Dujardin n'ajoute aucune foi à cette supposition ; il prétend qu'on pratiquait la saignée bien long-temps avant Hippocrate.

Sans énumérer le grand nombre de veines qu'ouvraient les Anciens, je dirai seulement qu'on se contente aujourd'hui d'ouvrir, au pli du bras, la radiale céphalique ou cutanée, la cubitale cutanée ou basilique et la médiane ; au cou, la jugulaire ; au pied, la tibio-malléolaire ou grande veine saphène, et la péronéo-malléolaire ou petite saphène.

Ces veines ne sont jamais aussi apparentes que celles du bras ; aussi est-on obligé de faire plonger, pendant un quart d'heure environ avant l'opération, le pied dans un bain chaud. Ce temps écoulé et la bande ordinaire roulée au-dessus des malléoles, l'opérateur prend le pied sur ses genoux, et saisit la malléole avec quatre doigts d'une main, dont il applique fortement le pouce au-dessous du lieu désigné pour la ponction. Il enfonce la lancette dans le vaisseau ; puis agrandit l'ouverture en retirant l'instrument et en relevant son tranchant par une léger mouvement de bascule, dont la pointe de la lancette est le centre. Le premier temps de l'opération s'appelle ponction, et le second élévation.

Si l'on tient à apprécier la quantité de sang évacuée, on peut se dispenser de faire remettre tout-à-fait le pied dans l'eau, surtout si le sang coule facilement et en jet ; dans le cas contraire, on fait replonger le membre dans le bain, et bientôt, en effet, on voit le jet s'activer et prendre de la force.

Il arrive souvent que le sang s'arrête tout à coup. On l'observe chez les personnes grasses, quand le vaisseau est trop petit, que les tégumens se gonflent, et que, dès-lors, l'ouverture de la petite plaie est trop étroite, etc.... Il arrive souvent que, malgré tous les moyens ordinairement employés pour remédier à ces inconvéniens, on n'obtient pas tout le sang que l'état du malade réclame.

Les effets de la saignée sont locaux ou généraux ; j'aurai l'occasion de parler des effets locaux, en m'occupant de ses accidens.

Plus le vaisseau ouvert est volumineux et l'ouverture large, plus les effets de la saignée sont marqués. Le sang a-t-il coulé quelque temps, le pouls devient plus fort, moins dur et perd de son ampleur ;

la circulation capillaire devient plus facile, etc......
Tous ces effets sont dûs à la déplétion des vaisseaux ;
le sang qu'on en tire est alors dense, plus ou moins
couenneux. La saignée devient spoliative, quand on
la réitère à des intervalles peu éloignés ; le sang
présente alors une proportion plus considérable de
sérosité, et perd une proportion égale de fibrine :
l'amaigrissement, l'affaiblissement du système mus-
culaire, de l'appareil digestif et des sécrétions, l'in-
filtration du tissu cellulaire, la pâleur de la face sont
les suites de cette sorte de saignée ; aussi doit-on être
très-réservé sur son emploi.

En diminuant la quantité de sang devenu trop
irritant, la saignée soustrait immédiatement à l'économie une partie du stimulus morbide qui la dispo-
sait à l'inflammation ou l'entretenait.

On avait remarqué, depuis bien long-temps, que
la saignée du pied attirait le sang vers certains organes
malades, tandis qu'une saignée pratiquée dans une
région différente semblait, au contraire, l'en détour-
ner. Dans la métrorrhagie active, par exemple, la
saignée du pied augmente ordinairement l'hémor-
rhagie, tandis que celle du bras produit une diminution constante : de ces observations on a conclu
qu'il y avait des saignées *dérivatives* et *révulsives*.
Hippocrate, Celse, Galien, Sydenham donnaient la
préférence à la première ; Arétée, les Arabes, Sca-
liger donnaient l'avantage à la seconde. Baillou pratiquait la saignée du côté gauche, parce qu'elle

affaiblit moins : « *Phlebotomia lateris sinistri non tàm imbecilliores non reddere quàm dextri.* » Frédéric Hoffmann aimait mieux qu'on fît la moitié de la saignée d'un côté du corps, et l'autre motié du côté opposé : « *Ut non in uno sed in diversis locis sanguis revellatur.* » Dès le XIVe siècle, Nicolas le Florentin proclama qu'il était indifférent de pratiquer la saignée de l'un ou de l'autre côté.

Je ne m'étendrai pas davantage sur des considérations générales qui m'éloignent de ma question.

La sympathie qui existe entre les parties inférieures et la tête, peut expliquer la tendance qu'a la saignée du pied à produire la syncope, qui, du reste, quelquefois peut produire aussi de très-bons effets. Employée de préférence par les Arabes, dans les maladies thoraciques, Brissot, un peu plus tard, fit abandonner ce genre d'évacuation sanguine. Sylva, et dernièrement Alphonse Leroi, ont essayé et sont parvenus à lui rendre quelque importance. M. Freteau la recommande dans les affections céphaliques ; M. Polinière lui préfère la saignée du bras. Une règle générale, fondée sur les observations de MM. Parent-Duchâtelet, Martinet et autres, et sur l'expérience, c'est que, à évacuation égale, on doit préférer la saignée du pied à celle du bras, dans les maladies encéphaliques, congestives et inflammatoires.

Les accidens qui peuvent suivre la saignée du pied, sont assez nombreux. Sans m'occuper et de la saignée blanche et de la syncope, j'examinerai seulement la piqûre des nerfs, le thrumbus et la phlébite.

Un des accidens qu'on doit redouter dans l'opération de la phlébotomie, c'est l'ouverture d'une artère. Dans la question qui nous occupe, cet accident n'est pas à craindre ; mais, en revanche, la veine saphène interne est entourée par les subdivisions d'un filet du nerf crural, qui l'accompagne jusque sur la face dorsale du pied : ce filet nerveux peut être blessé. Quand cela arrive, le pied et la jambe se tuméfient ; l'engorgement peut atteindre la cuisse, et accroître le volume des glandes de l'aine ; on remarque souvent des mouvemens convulsifs, du délire. Le malade accuse des douleurs atroces ; la gangrène du membre, la mort, peuvent être la suite de la piqûre d'un filet nerveux : accident le plus redoutable, sans contredit, qui puisse suivre l'opération de la saignée du pied.

On n'est jamais sûr de ne pas atteindre un nerf avec la lancette : leur petitesse ou leur volume, l'irrégularité de leur distribution, l'insuffisance des signes qui indiquent leur présence, ne permettent pas de savoir si la veine à piquer n'est pas contiguë à un filet nerveux.

Dans le traitement de cette affection, on a proposé la section complète du nerf intéressé : elle réussit le plus ordinairement.

Au moment où le nerf est lésé, le malade ressent une douleur très-intense. La médication la plus

prompte à employer, est de laisser couler le sang de
la veine le plus long-temps possible, afin d'affaiblir
le malade ; recommander la diète, les boissons ra-
fraîchissantes, l'immobilité du membre, et l'application de sangsues autour de la plaie. Jusqu'ici, on
a eu plutôt à se louer des applications astringentes
que des applications émollientes. Bell employait l'acétate de plomb. La teinture de myrrhe, l'huile de
térébenthine et autres irritans, préconisés par Ambroise Paré, Dionis et Heister, sont complétement
abandonnés. Il n'en est pas de même des légers laxa-
tifs, quand le membre est engorgé. Dans ce dernier
cas, on a aussi retiré des avantages marqués de
l'emploi des préparations opiacées.

Lorsque l'ouverture de la veine n'est pas bien paral-
lèle à celle des tégumens, le sang qui jaillit s'épanche
dans le tissu cellulaire et s'infiltre dans ses aréoles,
ce qui forme une petite tumeur, dont la présence
devant l'ouverture de la plaie, ne permet pas au
sang de s'écouler. A cet inconvénient s'en joint un
autre ; le sang infiltré n'est pas toujours résorbé, et
devient alors un corps étranger qui appelle sur les
parties molles et environnantes l'irritation et l'inflammation. Cet accident, auquel on donne le nom de
thrumbus, cède le plus ordinairement à quelques
compresses imbibées d'une liqueur résolutive, ou
d'alcool camphré.

La phlébite est l'inflammation de la veine et de sa
membrane interne, inflammation qui se propage de

l'ouverture de la veine à la continuité de son trajet. Cette maladie a été décrite par les Anciens : Ambroise Paré, Boërhaave, Van-Swieten en font mention; parmi les Modernes, Meckel, Breschet, Fouquier en ont publié des observations intéressantes.

Les symptômes de la phlébite sont une inflammation au lieu même de la piqûre, et, plus tard, une sorte de corde noueuse, tendue, suivant la direction du vaisseau ; un état fébrile proportionné à l'étendue de la phlegmasie ; des accidens nerveux; une infection purulente du torrent circulatoire, dont les suites sont presque toujours mortelles. La phlébite spontanée est, dit-on, la plus dangereuse ; c'est, sans doute, à la direction que suit la matière purulente mêlée avec le sang, qu'il faut attribuer les accidens graves, tels que la fièvre typhoïde, adynamique et ataxique, qu'on observe dans la dernière période de la maladie.

Le repos du membre, et, d'après Hunter, la réunion de la plaie par première intention, peuvent souvent prévenir le développement de la phlébite. Lorsqu'un principe délétère a été introduit sous la peau, et qu'on a lieu de redouter des accidens, il est nécessaire d'arrêter l'action de ce principe, en portant sur la plaie des caustiques, tels que les acides minéraux, le nitrate d'argent et le chlorure d'antimoine. A ces différens moyens de traitement, il faut joindre un régime sévère, et des soins hygiéniques bien entendus.

4

Au début de la phlébite, on a recommandé les répercussifs, les applications d'eau froide et glacée, des lotions avec l'acétate de plomb. Si la maladie fait des progrès, des applications réitérées de sangsues le long du vaisseau affecté, suivies de fomentations émollientes.

Le traitement de la phlébite, une fois déclarée, doit sans doute varier, suivant les indications ; mais, en général, on doit, avant tout, s'attacher à faire avorter l'inflammation, et empêcher la maladie de se terminer par suppuration. Lorsqu'elle est établie, relever les forces du malade, qui, dans ce cas, marche rapidement vers la deuxième période de la maladie, caractérisée par la forme adynamique.

Hunter eut autrefois l'idée de la compression ; elle peut avoir des avantages sur la méthode antiphlogistique, quand on opère sur des individus affaiblis par l'âge, ou des maladies antérieures.

Inutile de dire que la suppuration une fois établie, la prescription des toniques, l'application de vésicatoires, les vins généreux, doivent remplacer le traitement antiphlogistique : telle est du moins la méthode employée par MM. Marjolin et Blandin.

M. Velpeau conseille l'application d'un vésicatoire sur la surface même des abcès qui se forment sur le trajet de la veine.

Le mercure, ses préparations à l'intérieur et à l'extérieur, le tartre stibié à hautes doses, paraissent aussi avoir eu du succès dans le traitement de la phlébite à sa dernière période.

SCIENCES MÉDICALES.

—

De la cause prochaine des affections syphilitiques.

La cause prochaine d'une maladie est l'état maladif tout formé ; celle qui, pour ainsi dire, entretient la maladie.

Partant de ce point, c'est la syphilis, en général, que j'aurai à examiner.

La syphilis est une affection multiforme et complexe, qui paraît procéder d'une cause unique, à laquelle on a donné le nom de virus vénérien.

Il est probable que la syphilis est aussi ancienne que les excès dont elle est inséparable ; néanmoins, certains auteurs rattachent son origine à la découverte du Nouveau-Monde. Sans aller contre cette assertion, il est à remarquer qu'on a cru reconnaître la syphilis en Europe, comme maladie particulière bien caractérisée. Car des ouvrages antérieurs à l'expédition de Christophe Colomb, font une description bien circonstanciée et non équivoque des symptômes reconnus aujourd'hui, pour appartenir à la syphilis et attribués à la même cause : au rapprochement des sexes. Quoi qu'il en soit, vers la

fin du XVe siècle cette maladie acquit sur notre con-
tinent un tel degré d'intensité, qu'elle fut regardée
par les auteurs contemporains, comme une affection nouvelle. La lèpre ravageait encore l'Europe,
depuis les Croisades, lorsque la syphilis vint se
joindre à ce fléau. Sans pouvoir assurer qu'elle n'est
point une maladie d'un genre particulier, elle pourrait bien être une dégénérescence de la lèpre; car on
peut supposer qu'elle a au moins exercé l'influence
la plus marquée sur les maladies cutanées qui déso-
laient le monde, puisque leur diminution ou leur
disparition coïncide avec la propagation de la vérole.
En Égypte, M. le baron Larrey a observé que la
lèpre y était souvent la suite d'affections syphilitiques
dégénérées. P. Maynard, Paracelse, Baillou sont
du même sentiment ; mais il faut convenir en même
temps que ces observations ont rarement de l'importance dans la pratique.

Benedetty et Paracelse sont les premiers qui aient
propagé les théories du virus ; théories qu'on a un
peu modifiées, et qui sont aujourd'hui généralement
admises.

Il fallut chercher un antidote contre la propagation de ce virus, de cette teinte vénérienne, comme
l'appelait Paracelse : on s'arrêta au mercure ; mais
il fut impossible, alors comme aujourd'hui, d'expliquer sa manière d'agir, et on bâtit là-dessus les
conjectures les plus bizarres.

La syphilis est éminemment contagieuse ; mais elle

exige, pour se communiquer, le concours de plusieurs
circonstances : le fluide qui sert de véhicule au virus,
doit être doué d'un degré de chaleur, d'une espèce
de vie qui lui conserve la force de s'attacher au
nouveau corps auquel il a été transmis. On voit,
en effet, des individus sains copuler avec des personnes infectées, sans qu'il en résulte pour eux le
moindre inconvénient, et on a pu constater quelquefois la non transmission par le coït, de chancres
qui en avaient été le résultat : ces exemples ne sont
pas rares ; il est vrai que le tempérament, la confor-
mation, les habitudes de l'individu y sont pour beaucoup ; et, chose digne de remarque, on a observé
que plus souvent on avait été atteint de la syphilis,
plus facilement on la contractait.

Cependant l'existence du virus finit par trouver
des incrédules : Stegliz, Bosquillon nièrent son influence. On y revint plus tard, et les Modernes se
bornent à reconnaître la contagion et son mode de
développement, sans s'arrêter à expliquer la cause
elle-même, qui d'ailleurs ne produit pas toujours
identiquement les mêmes phénomènes ; on voit souvent divers individus puiser à la même source, des
symptômes variables entre eux.

La syphilis peut être transmise de mille manières.
Le rapprochement des sexes est sans contredit la plus
commune et la plus facile : le peu d'épaisseur de
l'épiderme, la sensibilité des parties alors en contact,
l'expliquent facilement.

Depuis son origine, la syphilis a-t-elle perdu de son intensité? Les uns répondent par l'affirmative; les autres, par la négative. Astruc allait jusqu'à prétendre qu'elle ne tarderait pas à s'éteindre.

Quoi qu'il en soit, la syphilis présente deux ordres de symptômes bien distincts: les primitifs et les consécutifs. La distinction entre ces deux ordres de symptômes est d'autant plus importante, qu'elle détermine le choix des moyens thérapeutiques et la méthode de traitement. Dans la première classe, on range la blennorrhagie et les chancres, symptôme le plus caractéristique de la syphilis primitive; les bubons qui quelquefois se déclarent d'emblée, etc.... Dans la deuxième se trouvent compris : la papule syphilitique que M. Ratier regarde comme le type, si je puis m'exprimer ainsi, de la syphilis consécutive; les excroissances, les périostoses, les exostoses, etc....., et diverses maladies de la peau encore fort inexactement déterminées.

Autrefois on admettait comme syphilitiques, nonseulement tous les phénomènes morbides dont il vient d'être question; mais encore on croyait que la syphilis pouvait se cacher sous l'apparence de toutes les maladies connues. Nul doute qu'elle ne se combine avec certaines affections; mais elle n'en est pas le principe immédiat: elle suit son cours sans traverser ces affections et sans en être traversée, ce qui serait une preuve incontestable de la non-existence de ces syphilis larvées, sur lesquelles on a fait tant de com-

mentaires et qu'on a cru observer si souvent. (Culle-
rier, Ratier.)

La syphilis est donc une maladie purement contagieuse, offrant des accidens séparés, exigeant chacun,
dans sa manière d'être, des agens modificateurs ap-
propriés. L'opinion qui nie le virus vénérien et qui
attribue les chancres, par exemple, à une simple
inflammation produite par le frottement et la malpropreté, ne peut tenir devant les faits qui démon-
trent que cette prétendue inflammation a dans sa
marche, sa durée, sa terminaison, des phénomènes
bien distincts du chancre vénérien.

La théorie des virus a perdu aujourd'hui beaucoup
de son merveilleux; le virus syphilitique n'est plus
regardé que comme un agent morbifique fort actif
sans doute, mais constant et régulier dans sa marche,
facile ordinairement à reconnaître, et non plus
comme un ennemi caché, dont la puissance destruc-
tive et capricieuse se jouait à plaisir de l'observateur
et du praticien.

Il n'est pas à dire pour cela que la syphilis ait une
marche régulière, comme la petite-vérole, par
exemple, avec ses périodes bien caractérisées ;
qu'elle soit exempte d'accidens. Le plus souvent, au
contraire, par suite de circonstances inappréciables,
les écarts du régime, la malpropreté, un traitement mal dirigé, surviennent une foule d'affections
consécutives : l'orchite, l'hématurie, la cystite, les
rétrécissemens de l'urètre, sa perforation par les

chancres, etc., etc..... Ces affections sont une con-
séquence de la syphilis; mais ne lui sont pas inhé-
rentes, puisqu'elles peuvent ne pas co-exister avec
elle. La syphilis se développe ordinairement dans
la progression suivante : la blennorrhagie, les chancres, les bubons, les excroissances; puis les diverses
formes de syphilides, les chancres du voile du palais,
l'ozène; enfin, les douleurs ostéocopes, les exostoses,
les périostoses, etc..... En d'autres termes, elle se
montre d'abord et le plus ordinairement sur les parties qui ont eu un contact immédiat avec les parties
infectées, le système glanduleux; de là, sur les
muqueuses, à la peau, et attaque le système osseux
à sa dernière période.

La syphilis est-elle héréditaire? C'est, il me
semble, une question bien difficile à résoudre; les
observations se contredisent les unes les autres : tels
enfans apportent en naissant des symptômes non
équivoques de syphilis; tels autres restent constam-
ment exempts de la maladie de leurs parens; tels
autres, qu'on avait reconnus infectés, n'avaient-ils
pas été atteints de cette maladie, au moment de leur
naissance, si les parties sexuelles de la mère étaient,
au moment de la parturition, le siége des symptômes
vénériens? Je ne me hasarderai pas à décider la
question; mais je crois pouvoir dire que la syphilis
peut être héréditaire, quand je n'aurais pour preuve
de mon assertion, que les quelques cas dans lesquels
les parties sexuelles de la mère étant saines, ou des

précautions prises, il n'est pas permis de supposer que c'est à son passage que l'enfant a été infecté.

La syphilis est médiocrement influencée par l'âge, le sexe, les tempéramens; mais elle l'est beaucoup par les circonstances extérieures, le climat, le régime.... Dans les pays chauds, elle est plus bénigne que dans les contrées septentrionales; un régime doux, rafraîchissant, est le complément nécessaire de tout traitement bien dirigé.

Le mercure est le médicament le plus généralement employé contre l'affection dont il est ici question : autrefois il en était l'antidote obligé; aujourd'hui son emploi a subi d'heureuses et de nombreuses modifications.

Les Arabes l'avaient déjà employé dans quelques maladies cutanées; Berenger de Carpi s'en servit contre l'éruption générale de la vérole éruptive, et, s'il faut s'en rapporter à Ulric de Hutten, il n'en retira pas de grands avantages. Plus tard, l'emploi méthodique de ce métal compta des succès réels; mais l'abus qu'on en fit, provoqua des résultats aussi déplorables que l'affection elle-même, résultats que la plupart des praticiens méconnurent long-temps, et qu'on sait maintenant apprécier et éviter.

L'efficacité du mercure employé méthodiquement est généralement reconnue; je dis méthodiquement, parce qu'il n'est pas du tout indifférent d'employer ses préparations dans tous les cas et sans discernement. Les blennorrhagies vénériennes augmentent le plus souvent sous l'influence du deuto-chlorure; et, certainement, cet effet est dû à l'action irritante de ce médicament. Les tempéramens, les circonstances extérieures, l'état de l'appareil digestif et respiratoire, exigent, sans contredit, l'emploi raisonné des préparations mercurielles.

Les préparations d'or et la méthode iatraleptique ont valu à M. Chrestien, de Montpellier, des succès incontestables. J'ai sous les yeux un malade qui portant sur le gland et le prépuce des excroissances de près d'un pouce de long, les a vu successivement diminuer et presque disparaître par l'usage de l'hydrochlorate d'or en frictions sur la langue, et les applications locales d'or divisé, en pommade : le mercure ne lui avait produit aucune diminution sensible.

Les sels d'argent employés par M. Serres, Prof.ᵣ de clinique chirurgicale à la Faculté de médecine de Montpellier, ont obtenu, dans sa pratique, une égale faveur. Dans un Mémoire qu'il a publié, il cite plus de vingt observations de syphilis qu'il a guéries par sa méthode. Elle lui a présenté les avantages suivans : ces préparations ne donnent jamais lieu à la salivation, et n'exercent aucune influence fâcheuse sur le tube digestif, influence que les sels de mercure ont trop souvent produite. Employées dans les hôpitaux, la tenue des salles et la propreté du linge y gagneront beaucoup. Dans la pratique civile, les malades auront la faculté de se traiter

commodément et en secret : elles sont moins exci-
tantes que les préparations d'or, et à un prix moins
élevé ; enfin, elles ont la chance de réussir, là où ont
échoué les sels d'or et de mercure.

Le nickel a été aussi employé par le même Professeur. Quant aux préparations d'iode , on n'en a
pas retiré des effets aussi marqués que dans le traitement des affections scrofuleuses.

FIN.

FACULTÉ DE MÉDECINE

DE MONTPELLIER.

Professeurs.

MM. CAIZERGUES, Doyen. — *Clinique médicale.*
BROUSSONNET. — *Clinique médicale.*
LORDAT, Président. — *Physiologie.*
DELILE. — *Botanique.*
LALLEMAND. — *Clinique chirurgicale.*
DUPORTAL, Suppl. — *Chimie médicale.*
DUBRUEIL. — *Anatomie.*
DELMAS, Examin. — *Accouchemens, Maladies des femmes et des enfans.*
GOLFIN. — *Thérapeutique et Matière médic.*
RIBES. — *Hygiène.*
RECH. — *Pathologie médicale.*
SERRE. — *Clinique chirurgicale.*
BÉRARD. — *Chimie générale et Toxicologie.*
RENÉ. — *Médecine légale.*
RISUENO D'AMADOR. — *Pathologie et Thérapeut. génér.*
. . . . — *Pathologie chirurg., Opérations, Appareils.*

Professeur honoraire : M. Aug.-Pyr. DE CANDOLE.

Agrégés en exercice.

MM. VIGUIER.
KUHNHOLTZ, Exam.
BERTIN.
BROUSSONNET Fils.
TOUCHY.
DELMAS Fils.
VAILHÉ.
BOURQUENOD.

MM. FAGES.
BATIGNE, Examinateur.
POURCHÉ.
BERTRAND.
POUZIN.
SAISSET.
ESTOR, Suppléant.

La Faculté de Médecine de Montpellier déclare que les opinions émises dans les dissertations qui lui sont présentées, doivent être considérées comme propres à leurs auteurs; qu'elle n'entend leur donner aucune approbation ni improbation.

Milton Keynes UK
Ingram Content Group UK Ltd.
UKHW032328221024
449917UK00004B/314

9 783385 095137